理安寺志

杭州市地方志辦公室 編

西泠印社出版社
華寶齋

整理出版工作委員會

主　任：張鴻銘
副主任：楊戌標　許勤華　翁衛軍　王宏
執行主編：許保水　賈大清
執行副主編：金利權　蔡建明
編　務：阮關水　蔣淑艷

出版說明

《理安寺志》清釋實月纂。首列恩寵一門，次爲梵宇、山水、田畝、禪宗、規約、著述、藝文七門，冠以山寺全圖。以清光緒三年（一八七七）丁氏刊本，《武林掌故叢編》第一集本爲底本，內文用富陽華寶齋獲國家輕工部優質獎的加重宣單色印刷，綫裝一函五冊。封面爲磁青紙，藍布函套。該書由西泠印社出版社於二〇一二年十二月正式出版。

由於時間倉促，水平有限，不當之處，敬請指教。

杭州市地方志編纂委員會辦公室

公元二〇一三年九月二十六日

一

序

古人說，『郡之有志，猶國之有史，所以察民風、驗土俗，使前有的稽，後有所鑒，甚重典也。』編纂地方志，是中華民族特有的文化傳統，對於延續傳承歷史文脈、弘揚優秀傳統文化、構築共同精神家園有着重要意義。

杭州作為歷代人文薈萃之地、國家歷史文化名城，歷來重視修志。據資料記載，自南朝宋至民國，杭州編纂的府縣志、鄉鎮志、山水志、古跡志、風土志、文獻志等計有四百八十餘部，留存至今的計有二百六十餘部。這些志書，質量上乘，種類齊備，內容詳實，是研究杭州自然、經濟、政治和社會發展的珍貴資料，在推動當代經濟社會發展中發揮着獨特作用。比如，西湖申遺文本為了闡述西湖的人文價值和美學價值，就參考引用了《（咸淳）臨安志》、《西湖游覽志》、《孤山志》、《靈隱寺志》等二十八種地方志文獻。

舊志整理是地方志編纂的重要工作之一。二〇〇二年來，杭州市志辦本着搶救和保護歷史文化資源、延續和弘揚優秀傳統文化的主旨，結合第二輪市志修編工作，以現存歷代杭州府志為重點，加大舊志整理工作力度，先後整理出版了南宋《臨安三志》、明萬曆《杭州府志》、清康熙《杭州府志》、民國《杭州府志》等十六部舊志。這項工作，事雖不顯，功不可沒。隨時移世易，其價值必將越彰顯。

盛世修志，澤被後世。希望杭州市志力和全市地方志工作者潛心志海，深耕細作，堅持志、鑒、館、網、舊志整理、方志文化進社區、全國培訓基地『七業』並舉，更好地發揮地方志在存史、資政、教化等方面的

作用，爲延續歷史文脉、打造人文杭州、建設名城强市貢獻智慧和力量。

是爲序。

中共浙江省委常委
中共杭州市委書記
市人大常委會主任 葛坤明

二〇一三年八月二十日

理安寺志

光緒戊寅李荷平上
瀞衡陽彭慶之署首

曹雪芹著

一百二十回足本紅樓夢
上海廣益書局印行

理安寺圖

仁和陳霖署眉

理安寺志

志史類也史必左圖凡紀載不盡之跡俱得藉之以彰猶眉之彩目之瞳通體之倣重也繫可略乎如曰妙性圓明離諸名相則請質諸深悟禪者

圖中題字：大人峰、摩碧峰、五雲峰、松蔭關、寢堂、客樓、禪堂、大殿、前殿、獅子峰、彌陀峯、八覺峰、山門、月輪峰

通志略

圖譜之學不傳學者
無以精物之體要考
古之淵源旣不能精
且博惟知鑿空為義
理之學以為文章性
命之奧學者相尚日

武林理安寺志序

昔如求言我得宰官之外護者爲文證明之垂諸久遠可以無恐亟哉言之不可已也此武林理安寺志智朗上人請之謹浦太史作之而復丐余言弁其端歟余惟理安爲古涌泉院道風演迤遠有條序自有明中葉沈災小劫堙谷隤林緇素屛迹幸法雨㴭流淨信結社粥魚茶板蔚爲禪叢桑海變故不百年而復盡斥其產焉夫給孤初地功藉布金勢不能損齋鉢之斷粒敗衲之寸絲爲締構之助然至持鈴柝飾竿牘如市買之相求淨業日微流塵昧目斯亦佛所

〈理安寺志李序〉

大恐也我

聖清光宅大千慈覆眾有於是法嗣性音遭際

世宗憲皇帝爲

聖祖仁皇帝祝釐特資貢金莊嚴法界廣儲福田

玉音耀于岩阿寶笈充乎反宇種種名相彈指雲湧檀捨之宏爲梵典未觀之盛事斯其因緣固大不偶然矣之作也凡梵宇之成廬山水之形勝禪宗之正別疆獻之至到與夫高流素侶裁詩選勝之蹟州次部居紀載翔實而臚

三朝之恩寵以冠於前太史所序推本淨明忠孝之旨而願

與智朗勉思報效嗟乎慧業何邊不離六分此正如來付囑所恃為金湯者予雖無阿難之多聞其竟不為一證明乎余以今春嘗尾蹕三至寺徧歷九溪十八澗之勝山翠四合飛泉泠然儵魚鳴鳥胚蠕嘉澤翔泳不已思繼澹社之勝引而未得序太史之書軱復神往蓋實為茲寺慶所遭而不禁欣然樂其樂云

時

乾隆二十七年歲在壬午冬十月

賜進士出身

【理安寺志李序】

誥授光祿大夫內閣學士兼禮部侍郎提督浙江全省學政今調江蘇學政加三級晉甯李因培撰

理安寺志杭序

理安寺緣始有唐絕續之關縣延迄今約有三變伏
兩朝不世之遇法域宏開
虎開山一也法雨鼎建二也迦陵荷
恩眷疊沛三也龍象護持興替有運不有紀載後將何稽問
有寺紀四卷法雨大師所手定也斯時規條初設銓
次未周抱殘守闕圖以有待智朗上人承諸尊宿之
後節縮衣食誓發宏願欲以世出世間之文字成佛
法之金湯禮幣及門請余秉筆小友周進士辰告湯
孝廉韡齋爲余先撰長編芟薙繁冗別爲入門蓽然
完備既輟簡或設主客之辭以相難曰阿難號多聞
而文殊又欲離語言文字斯志之作其爲選事耶抑
亦有大不得已於其中者耶余應之曰奚爲其選事
也善則歸君臣子之義刳其君有善而可以恝置之
茲寺之興出自
天家締造內府之金錢尚方之巧匠
錫賚便蕃古無倫比
天章下賁照耀山谷大眾安居飽食宜如何仰答
高厚而不農力以竟成前人之緒與夫螢螢貿貿而忘所
自來郎違淨明忠孝之旨每一念及通身汗下此上
人惟日孜孜不遑暇逸蕆事完是書之本末也嗚呼創

三

理安寺志序

名山古刹莫不有志香界之緣起知識之化蹟無不畢載以傳不朽而理安獨無者何耶伏虎逢禪師五代時神僧與永明壽禪師為同門昆弟吳越王感師道範為建梵宇為理安開山始祖其法化之隆不在壽禪師下是蓋古佛應世而視大千等一漚者區區紀載非所事事且寺在九溪十八磵中而四繞之區巒高接天日烟霞鬱勃竹樹菁叢石磴雲梯橫於鳥道之上南渡後雖羽衛嘗過而名流罕至好遊嗜佛如陸務觀張橫浦輩僅至湖上諸寺而止染翰無人表彰斯失迨恭宗北狩元錄告終兵火紛馳臨安為灰爐卽葬於魚腹此理安所以無志也隆萬間法雨大師一傘一缽入磵中興蛇虎處者數十載再成叢席著有寺紀四卷蓋香界之緣起知識之化蹟無不畢載者然歲久板毀世不及見我箬菴老祖倔起螺峰宗弘石磬爐韝鉗錘妙絕古今而傳衣付拂且代不乏人故生死理安之名洋溢乎海内而至迦陵老人感

世宗憲皇帝之殊遇重新梵宇增置山田思盡涓埃表彰

聖德與名山不朽再著寺志六卷然脫藁未就擱返瞻雲卽

甚弘治年間寺復為洪水所廢前此卽或有志非化

五

欽定四庫全書

　野芋志序

野芋者古稱其大如斗葉如荷人不能
入其中者十六七至於蠻荒絕徼無人
之境蓋有蔽牛馬隱象犀樹若車蓋葉
若芭蕉高銳天日陰深蒙翳蘿蔦糾纏
其間藤蔓縈絡枝葉扶疏根株盤錯
雖巨斧不能芟其本長繩不能量其高
者矣而山谷之民往往取以為薪為
炬為屋為梁棟為器用莫不取給於此
名山古蹟莫不有志而野芋之志無

理安寺志序

遭祝融劫去此理安所以終無志也壬申秋先師示寂門弟子問後事獨顧余曰法南勝公曾致書老僧請作理安寺志今已矣汝其識之甲戌夏余得承乏祖席而一惟遺命之言輒不禁鹿頭心撞發錄陳文遍尋故實得槀若干復由不解屬文送龍泓丁處士編輯而龍泓復不戒於火屋廬焦土諸槀盡失夫方外之志所載者方外事耳不與國史相埒而為之者自不當有昌黎所謂天災人禍之事而一毁於瞻雲再毁於龍泓者何哉蓋有待乎人而後成者在焉丙子春因粵棠湯孝廉得識菫浦杭太史承為不請友操觚是任再事搜尋遠陟匡阜而舟過鄱陽濱覆者數次所得之槀不敵前之六七幸而載閱寒暑刻印俱竟先師公案得了此理安無志而有志矣然蒐錄未遍縣力已殫拾遺補闕俟夫求者

乾隆二十四年歲次己卯中秋日南澗五世孫實月

謹撰

理安寺志總目

卷之一
　序　山圖
　恩寵
卷之二
　梵宇
卷之三
　山水
卷之四
　田畝
卷之五
　禪宗　附舊記
卷之六
　規約
卷之七
　著述
卷之八
　藝文　詩賦　序記　書　題跋

理安寺志卷之一總目

一

野客先生所著書總錄

卷之八
善述

卷之七
敘錄

卷之六
顯宗御書引

卷之正〔野客先生集卷之一目錄〕

勅諭

卷之五
四書

卷之四
山水

卷之三
詩

卷之二
序

卷之一
恩諭
宸翰
山圖

野客先生全集總目

武林理安寺志卷之一

恩寵

昔宋理宗命易古涌泉院為理安寺嘉乃肇錫寶始

大清光宅大千

聖祖仁皇帝與厥後金地漸荒玉音罕覯及

特資貢金數飛

世宗撫期命世

聖祖

宸翰與數駢蕃焜耀千古我

皇上丕承

前烈疊沛湛恩蓋

理安寺卷之一 恩寵

天眷之優隆祇林之盛事未有過於此者也故敬備而錄之志恩寵

康熙五十二年

世宗憲皇帝幸京師柏林寺時

品僧性音以理安法嗣住持

柏林深念舊山頹廢奏達

聖聰

世宗憲皇帝上聞

聖祖仁皇帝發帑

命臣僧越宗至寺重修

一

（此頁影像模糊且倒置，文字辨識困難）

理安寺志卷之一 恩寵

　御書理安寺
　　石磬正音二額
　墨寶二幅恭藏寺中
　命僧性音住持
　　臣僧性音梵字
勅撰重建理安寺膳僧山田記載
　　胡會恩奉
命僧成鑒為置柴山六百餘畝齋田二百畝刑部尚書臣

　賜對聯二副
　　法雨晴飛繞殿香風至
　　天花晝下交空瑞日懸
〈理安寺志卷之一　恩寵〉
　　勢到岳邊千峰環秀色
　　聲歸海上萬水涌洪濤
　賜金剛經一冊并佛像巨鐘莊嚴供器皆
　　內府製造
　世宗憲皇帝於藩邸
　賜來機亦赴
　　螺髻聳翠
　　慈悲自在
　　曹溪人瑞四額
　賜對聯二副

二

理安寺志卷之一 恩寵

上諭

朕在藩邸時披閱經史之餘每觀釋氏內典實契性宗之旨因時與禪僧相接惟性音深悟圓通能闡微妙其人品見地超越諸僧之上朕於西山建大覺寺為其靜修之所及朕嗣登寶位凡體國經邦一應庶務自有古帝王治世大法佛氏見性明心之學與治道無涉且若以舊邸熟識僧人仍令主席京師天下或以朕有好佛之心深有未可且有累於性音之清行而性音亦力辭歸隱遂安禪於廬山隱居寺四年於茲謹守律規謝絕塵境即本省大吏盡不知不聞也今聞其圓寂朕心深為軫恤著照玉林加恩之例追贈國師并賜其諡號交內閣撰擬其語錄乃近代僧人所罕能者著入經藏以彰其真修翼善之功欽代僧人所罕能者著入經藏以彰其真修翼善之功欽此

御製臣僧超方塔銘 銘載宗

御製臣僧超方語錄序 序著述

賜萬壽袍一領錦衣一領香板一塊杖藤灰盡老婆心葛藤灰盡老婆心杖履得回遊子卿作佛念輕縱然自在還為妄度生心切須信慈悲也是貪

雍正四年 臣僧性音圓寂廬山隱居寺十二月初八日奉

理安寺志卷之一　恩寵

世宗憲皇帝御製傳讚石刻裝潢像首恭載全篇

世宗憲皇帝御製頒賜藏經卷首偈

佛光恩照三千大千隨緣徧滿恒河法界普度羣生悉證
菩提身心安泰時年豐稔風雨調順日月升恒乾坤清寧
百昌蕃熾上下樂利中外協和庶物咸亨萬善圓成情與
無情同登正覺

乾隆九年

皇上賜祖像三十二軸

乾隆二年

皇上賜藏經全部恭載雍正十三年四月初八日

僧肇京兆人俗姓無傳以晉孝武太元九年生家貧為人
繕寫傭次歷觀經史備盡墳典初師莊老繼而歎曰美則
美矣然以棲神冥累為期未是究竟及見舊維摩經歡喜
頂受曰吾知所師矣於是出家兼通三藏年二十名振關
中京兆宿儒對之箝舌爾時有負糧千里入關抗辨者
岳岳而來肇盡折其角既而鳩摩羅什在吕光處肇往從
之什求長安歸姚秦肇亦隨至姚與命佐什宣譯梵經與
僧䂮僧遷法欽道流道恒道標僧叡等八百人俱住禁中
逍遙園尊禮優異時南朝遠法師為蓮社高賢社中開士
劉遺民越疆致書商搉元旨肇所問答遠極嘉歎其書垂

理安寺志卷之一 恩寵

今肇豈非般若無知浮漿無名不空真物不遷寶藏等論并注維摩經並紙貴當年香流億刼宗門膠柱之流謂達摩未入震旦前直指一宗求度肇論猶是教相又妄造臨刑詩云四大本無主五蘊本來空將頭臨白刃猶似斬春風雖元沙備禪師於晉安帝義與十年在姚秦長安吉祥滅度死猶讖語備肇以為肇實有此語拈云大小肇法師臨史氏所載可考也至一燈燗照達摩未來時之震旦其論具在識者自知大清雍正十一年封大智圓正聖僧肇法師

讚曰破塵出經天函地蓋此天地中塵塵法界及破一塵宏開法會於此親聞造論無礙

雍正十一年二月初一日御筆

寶誌俗姓朱金城人生於晉安帝義興十四年出家道林寺師事沙門僧儉宋太始初顯齊建元中神通異驗士庶敬事齊武帝收付建康獄既而出之猶終齊世禁其出入梁武帝即位乃下詔曰誌公迹向摩垢神遊冥寂水火不能焦濡蛇虎不能侵懼語其佛理則聲聞以上談其隱淪則遁仙高者豈得以俗士常情空相拘制何其鄙狹一至於此自今行來隨意出入勿得復禁梁天監十二年滅度壽九十七示寂自然一燭以付後閣舍人吳慶白帝

[Page image is rotated and low resolution; text not reliably legible for accurate transcription.]

曰大師不復雷矣爍者將以後事囑我也因厚葬於鍾阿獨龍阜勒陸倕為銘於塔內王筠勒碑於寺門識者曰誌公拳拳梁武老婆心切行時猶以本分提持而梁武迷悟不可惜也有十二時歌大乘讚不二頌等製入藏其迷悟不二頌尤為喫緊提撕頌曰迷時以空為色悟不迷悟本無差別色空究竟還同愚人喚南作北智者達無西東欲覓如來妙理常在一念之中陽燄本非其水渴鹿狂趁恣念自身虛假不實將空更欲覓空世人迷倒至甚如犬吠雷叮叮至其前知靈跡語若識緯具載梁書何敬容傳梁高僧傳陳書徐陵傳魏楊衒之洛陽伽藍記隋續

〈理安寺志卷之一 恩寵

五行志等書非本分故不錄大清雍正十二年封一際真

嵩禪師

讚曰菩提大道京都鄴都迷悟不二噁唎蘇嚧萬萬不殊

雍正十二年二月十五日御筆

一一如十二時中無欠無餘

乃解親入道及稟具日一食誦法華等經滿千遍又閱妙勝定經慕禪那功德乃至慧聞處受法晝夜攝心經三七

慧思武津人姓李氏頂有肉醫牛行象視夢梵僧勸出俗日獲得智通尋四支緩弱不能行步台念曰病業生業山心起心源無起外境何狀病業與身都如雲影如是觀

無法辨識

已顯倒想滅夏滿猶無所得深懷慚愧放身倚
壁背未至間豁爾開悟自是名行遠聞學侶日至乃以
小乘定慧等法隨根引喻俾習慈忍行奉菩薩戒焉北齊
天保中領徒南邁止大蘇山嘗示眾曰道源不遠性海非
遙但向已求莫從他覓覓即不得得亦不眞偈曰頓悟心
源開寶藏隱顯靈通現眞相獨行常巍巍百億化身
無數量縱令逼塞滿虛空看時不見微塵相可笑物兮無
比況口吐明珠光晃晃尋常見說不思議一語標名言下
當义偈曰天不能蓋地不能載無去無來無障礙無長無
短無青黃不在中間及內外超羣出眾太虛元指物傳心

〈理安寺志卷之一 恩寵〉

人不會時眾請講法華般若二經門人智顗至一心具萬
行有疑請決師曰汝所疑乃大品次第意耳未是法華圓
頓旨也吾昔於夏中一念頓發諸法現前吾餓身證不勞
致疑陳光大六年六月自大蘇山將四十餘僧趨南嶽值
一處林泉勝異思曰此古寺也吾昔會居之掘之基址猶
存陳主屢致供養目為大禪師太建九年六月示寂壽六
十有四思以梁武帝天監五年生蓋與菩提達摩同時云
大清雍正十二年封圓慧妙勝禪師
讚曰得大總持於法自在演教明宗不思議海法華三昧
燈傳智師少室天台奚隔一絲

七

理安寺志卷之一 恩寵

雍正十二年三月初一日御筆

元覺字明道春秋宋戴公之後世為魏郡名家隨東晉渡江為永嘉人覺韶年剃髮與兄宣法師並為名僧其猶子二人亦與緇侶住龍興寺嚴下菴既乃與東陽策禪師偕詣曹溪既申長鯨逆水之機決定不疑之旨欲遄返曹溪為留一宿時號一宿覺云覺所著證道歌得無生法忍提示最為親切又作禪宗悟修圓旨全水是波全波是水羅該三千威儀八萬細行唱導十方窮未來際令彼自他兼利頓漸雙忘生於唐高宗麟德二年滅於唐元宗開元元年盒與曹溪同時滅度焉未滅前有鵝千羣止於寺西及建塔適於其處北海李邕列其心行錄為碑銘慶州刺史魏靖輯其遺言刊永嘉集元宗勅諡無相禪師塔曰淨光宋太宗淳化中詔本州重修龕塔大清雍正十一年封洞明妙智禪師

讚曰深通妙相莊嚴性空舉足下足在道場中惟此道場乃水中月明明真空步步實蹟

雍正十一年三月十五日御筆

慧忠諸暨人姓冉氏少而好學既出家徧叅名宿遊覽四明天目五嶺羅浮承心印於能公乃卜居黨子谷四十餘年開元中中書侍郎王璩太常少卿趙頤貞奏薦詔居龍

八

无法清晰辨识此页内容。

理安寺志卷之一 恩寵

興寺計忠是時少亦年五十餘至代宗大曆十年示寂蓋百餘歲矣屬安史之亂賊寇南陽臨以白刃詞色不撓賊帥投劍羅拜無何羣盜又至忠曰不可以踵前也遂杖錫沿江而去不隨忠去者並遇害蕭宗再定區夏聞其德高以上元二年正月勅內給事孫朝進驛騎迎請肩輿上殿坐而論道稱國師尋勅居千佛寺與西天大耳三藏紫璘供奉等當御辨論為俗所傳代宗大曆八年奏度天下名山僧道萬餘人卒諡大證禪師詔歸葬黨子之香嚴寺起塔供養大清雍正十二年封真實大證禪師忠涅槃辭唐代宗代宗曰師滅度後弟子將何所記忠曰告檀越造取

一所無縫塔代宗曰就師請取塔樣忠良久曰會麼代宗曰不會忠曰貧道去後弟子應眞却知此事乞詔問之後詔應眞問前語眞良久曰聖上會麼代宗曰不會眞述偈曰湘之南潭之北中有黃金充一國無影樹下合同船琉璃殿上無知識應眞卻耽源

讚曰未始有宗大耳罔測摸著鼻孔躲避不得無縫塔中金剛大士剪樣示人虛空爲紙

雍正十二年四月初一日御筆
道一以唐中宗景龍二年生於漢州什邡縣俗姓馬故人稱馬大師亦曰馬祖生稟異姿牛行虎視舌過鼻準足成

文字年方童孺不好嬉戲嶷如山立湛若川澄及長謂
流六學不足經慮惟宅心禪宗正覺削髮於資州唐和上
受具於渝州圓律師後聞衡嶽有讓禪師為曹溪法嗣乃
往參承本珠頓朗讓禪師曰道一得吾心善古今禪誦於
撫州西裏山又南至處州龔公山中虁魈蛇虎自然屏
跡尚書路嗣恭為連帥聆風景慕迎居治所開化接人學
徒雲集趙州嘗云馬祖大師下八十餘員善知識箇箇俱
是作家嘗示眾曰夫求法者應無所求心外無別佛佛外
無別心不取善不捨惡淨穢兩邊俱不怙達罪性空念
念不可得無自性故故三界惟心森羅萬象一法之所印

理安寺志卷之一 恩寵 十

凡所見色皆自見心心不自心因色故有汝但隨時言說
即事即理都無所礙菩提道果亦復如是於心所生即名
為色知色空故生即不生若了此意乃可隨時著衣喫飯
長養聖胎任運過時更有何事唐德宗貞元四年登建昌
石門山謂弟子曰吾至二月當還及期跏趺歸寂遂塔於
石門春秋八十夏臘五十唐憲宗追諡大寂禪師
塔銘為大清雍正十二年封普照大寂禪師弟子唐
贊相權德輿為塔銘大清雍正十二年封普照大寂禪師
讚曰影雷海昏塔在石門微言妙旨龍藏垂文都沒交涉
捉風繫雲是一橛柴或師之真
雍正十二年四月十五日御筆

理安寺志卷之一 恩寵

希遷陳氏子瑞州高安人處胎母郎不喜葷血生而岐嶷孩提如成人六祖開化於南乃直詣祖所祖持其手曰苟為我弟子當肯遷笑曰諾乃祝髮為座下沙彌自是上下羅浮往來三峽間開元十六年受具足戒於羅浮後詣廬陵清涼山參青原思禪師思公之門學者駢集及遷之來思曰眾角雖多一麟足矣遂嗣青原天寶初始造衡山南寺寺之東有石狀如臺遷結庵其上俯臨眾峰時人因號石頭和尚師以唐中宗神龍十七年生德宗貞元六年滅春秋九十一僧臘六十三門人慧朗等六人相與建塔勅諡無際大師塔曰見相大清雍正十二年封智海無際禪師遷答問簡敏提示切要其居衡嶽也讓禪師每謂其徒曰彼石頭真獅子吼必能使汝眼清涼論曰世謂遷於六祖將滅問當依何人祖曰尋思去遷遵誡晝夜尋思首座謂思禪師在吉州汝緣在彼師言本直汝自迷耳乃詣吉州思曰子何方來遷曰曹溪思曰將得甚麼來曰未到曹溪亦不失思曰若恁麼用到曹溪作麼曰若不到曹溪爭知不失觀遷答問其時已達根源豈有滯於言句尋思之理且祖師直指字字誠實豈如世諦戲論作廋詞況令弟子黎承何人何妨明示非欲令其自已證入者可比又何必語焉而不詳蓋後人神奇其說以見杖拂源流大

雍正十二年五月初一日御筆

惟儼俗姓寒絳縣人以唐肅宗乾元二年生代宗大曆八年納戒於衡嶽寺律行嚴密既而南造石頭禪師求直指之旨遷令詣馬師一居三年一日問子近日見處作麽生儼曰皮膚脫落盡惟有一眞實一乃遣歸石頭恁麽作麽石上坐次石頭問曰汝作麽曰一切不爲石頭云恁麽卽閑坐也曰若閑坐卽爲也石頭云汝道不爲且不爲箇什麽曰千聖亦不識石頭乃以偈讚之後居澧州藥山海衆雲會與道吾雲巖高沙彌龐居士輩提唱宗乘振戞圓音朗州刺史李翺者韓愈弟子也入山見儼不覺自釋所負欿愜作禮相國崔羣常侍溫造亦每問道爲唐文宗太和二年告衆云法堂頹矣衆不喻率人舉大木支柱儼撫掌大笑合掌順寂春秋七十夏臘五十三勅諡宏道大師塔曰化城大清雍正十二年封達宗宏道禪師儼嗣石頭於六祖爲第四世李翺初見儼時誦經不顧翺問如何是道儼以手指上下曰雲在天水在瓶又一夜登山經行雲開見月大笑一聲聞澧陽東九十里許李翺贈詩曰鍊得

理安寺志卷之一 恩寵

鑒先知之明不知卻是鈍置伊耳
讚曰曹溪法乳千子齊注厥味如何無舌可味從何從這裏去木頭碌磚如是如是

（Unable to reliably transcribe — page image is rotated/low resolution.）

身形似鶴形千株松下雨函經我來問道無餘話雲在青
天水在瓶又曰選得幽居愜野情終年無送亦無迎有時
直上孤峰頂月下披雲嘯一聲
讚曰鐵剎不人非思量地石上栽花榮枯爾是高高山頂
深深海底立斯行斯非師本位
雍正十二年五月十五日御筆
澄觀姓夏候越州山陰人生於唐元宗天寶間年十一依
寶林寺霈禪師出家及長編尋名山旁求秘藏旣其戒從
潤州棲霞體律師學相部律詣金陵元璧法師傳關河三
論在瓦官寺傳起信涅槃於淮南法藏受海東起信義疏

【理安寺志卷之一 恩寵】

就蘇州湛然法師習天台止觀法華維摩等經疏謁牛頭
忠禪師徑山欽禪師咨決南宗心要復見慧雲禪師了北
宗元理兼習儒門經傳子史小學蒼雅學天竺悉曇諸御
通祕咒儀軌博聞多能出於天性以語言文字作佛事用
煙墨縑素演圓音北遊五臺講華嚴經并演諸論更撰經
疏起於唐德宗興元元年正月成於貞元三年十二月旣
所德宗遣中使李輔光宣詔入都與罽賓三藏般若譯烏
茶國王所進華嚴後分四十卷又詔令造疏遂於終南草
堂寺編成十卷進呈勅令兩街各講一通撰疏時池生嘉
蓮五枝一花皆有三節尋奉詔譯守護國界主經唐順宗

無法辨識

在春宮時常垂教誥了義一卷心要一卷觀平生依法
修行如命盡形不出梵網寂於唐憲宗元和年間春秋七
十所著述甚富列在法林其答唐順宗心要一書可謂橫
該三界一切處豎徹三際一切時函蓋無餘神妙破的學
人於此薦得入流無所大清雍正十二年封妙正眞乘禪
師
讚曰六根塵識徧含法界嚴淨毘尼極樂自在八教五乘
蓮雲靉靆層崠重重各各無礙
天台寒山子者不知何許人也自昔以豐干有寒山文殊
雍正十二年六月初一日御筆

【理安寺志卷之一】恩寵

拾得普賢之語遂謂文殊普賢在唐末應化為二大士又
自為和合二聖云其住世亦莫知其紀年且無氏族名字
唐興縣西有寒暗二巖以其居寒巖中則曰寒山子也冠
樺皮衣破襦時就國清寺從拾得取眾僧殘食食之或時
叫噪慢罵寺僧以杖逼逐則大笑而去人皆以為風狂貧
子一日豐干告之曰汝與我遊五臺卽我同流曰我不去
千日汝不是我同流寒卻問干汝去五臺作麼干曰禮文
殊曰汝不是我同流豐干為閭邱太守治頭風且令入
山訪寒拾閭邱竟造二人所禮拜寺僧驚愕曰大官何拜
風狂漢耶寒山執閭邱手笑曰豐干饒舌自此寒拾相攜

西

理安寺志卷之一 恩寵

寒巖獨坐三際十方金剛常住

雍正十一年六月十五日御筆

拾得天台國清寺行者寺春穀僧豐干山行至赤城道側聞孺子泣聲尋得之問其由曰孤棄於此久矣遂攜至寺付典座僧有來追尋者付還之久之寂然沙門靈熠乃受而撫育以長名拾得從來是拾得不是偶然稱也初知寺中食堂香燈一日忽登座與佛像對槃而食呼憍陳如為小果聲聞旁若無人執箸大笑熠乃白尊宿罷其堂任令入廚下滌器每洗鉢已即收殘食截巨竹簡盛之待寒山子來負而去每與寒山子聚語或同笑舞

去更不復入寺趙州諗者當時宗匠海內所欽行腳至天台禮二士相問答有久嚮國清有寒拾之語而國清寺僧見太守作禮然愕然足知一寺皆啞羊也聞邱又往寒巖拜問送衣裳藥物寒山但云賊賊卽退入石穴中高唱日報汝諸人各各努力穴竟不可尋遂絕蹤跡閭邱乃令寺僧道翹尋其遺句於林葉石壁村墅垣落間得寒山詩三百餘首拾得詩五十餘首其言句並是圓宗極則如理寶談從佛口宣作將來眼大清雍正十一年封妙覺普度和聖寒山大士

讚曰天然獨立無有伴侶淨潔空明何所石壁題詩

此哞彼啄其演圓音寺僧不知其何說也有護伽藍神廟
每日僧尉下食爲鳥所掠拾得以杖扶之曰汝食不能護
安能護伽藍乎其夕神附夢於合寺僧曰拾得打我請且
說夢一寺紛然又寺僧說戒次拾得驅羣牛至僧所集堂
前倚門撫掌大笑曰悠悠者聚頭說戒壇風漢何得喧礙拾得曰我不放牛也此羣牛者多是此寺知
事僧乃呼亡僧法號其牛一一應聲而過聞邱太守從豐
干之言入寺向二大士致敬拾得遂與寒山子出寺去不
知所終寺僧道翹奉閭邱之命搜錄兩人語句於寺土地
廟壁得拾得詩偈五十許首今附寒山集中行於世大清
事僧乃呼亡僧法號其牛一一應聲而過聞邱太守從豐

◢理安寺志卷之一　恩寵

雍正十一年封圓覺慈度合聖拾得大士
讚曰會不將來誰其拾得放下茗帚一切常寂凡愚奚知
自亦不識任運騰騰無爲之力
雍正十一年七月初一日御筆

希運閩人十歲出家於高安黃蘗寺額間有肉珠隆起儀
貌修偉遊天台逢一僧偕行屬澗水暴漲其僧蹶波如地
既登彼岸足不沾水招運日渡來運呵之曰渡來漢
其僧歎曰子眞大乘法器至京間乞食次遇一老嫗諸
決元旨乃日此五障身曾叅南陽忠國師來師若欲了此
一大事須往南昌見馬大師運如其語往南昌時馬祖道

二巳示寂乃泰百丈一日百丈舉馬祖振威一喝三日耳
聾悟由運言下證入遂嗣百丈後居洪州大安寺學者奔
湊運嘗示人曰一切色是佛色一切聲是佛聲見一切法
卽見一切心一切法本空心卽眞空妙有亦空盡恒沙世界
元同一體言同者名相亦空有六道四生山河大地有性無性
有不有亦不有卽眞空妙有亦空無亦空盡恒沙世界
原是一空誰是授記人誰是成佛人誰是得法人相國裴
休出鎮宛陵建大禪院延運說法以運出家黃蘗仍以黃
蘗名其寺運示裴休幾千萬言甚得心無心地法性空位
休亦有傳心偈述所證爲運法嗣運於曹溪爲五世孫其
俗姓及年歲載籍莫考以唐宣宗大中年間示寂其嗣臨
濟元支流蕃衍於今最盛謚斷際禪師塔曰廣業大清雍
正十二年封正覺斷際禪師
須達寶所大方廣地本無寸土
讚曰黃蘗吐舌百丈耳聾振威一喝臨濟宗風到此化城
雍正十二年七月十五日御筆
從諗郝氏子靑州臨淄人或云曹州郝鄉人以唐代宗大
歷十二年生童稚之歲孤介不羣其披剃也或在嵩琉璃壇自爲沙
彌泰南泉願禪師卽深器之許爲入室一日問南泉如何
與伽藍或云曹州扈通院其納戒也或云靑州龍

【理安寺志卷之一 恩寵】

七

黃檗志卷之一

實錄

是道泉云平常心是道還可趣向否泉云擬向即乖云
不擬時如何知是道泉云道不屬知不屬不知知是妄覺
不知是無記若是真達不疑之道猶如太虛廓然虛豁豈
可強是非耶言下頓悟元旨心如朗月乃往嵩山受戒尋
返南泉既而遊歷寶壽鹽官夾山五臺因住趙郡觀音院
時潘鎮王景崇王鎔父子封王於趙論慈雲所潤歸心禮
足道化大行凡所舉揚天下傳之號趙州門風唐昭宗乾
甯四年右脇而寂壽一百二十歲諡出南泉願願出馬祖
一一出南岳讓讓出曹溪凡五世諸方私諡真際大師大
清雍正十一年封圓證直指真際禪師
〈理安寺志卷之一　恩寵〉　六
讚曰趙州石橋度驢度馬老僧平生用不盡者過得此關
東院西也明月清風非其儔亞
雍正十一年八月初一日御筆
景岑號招賢其氏族里居出家具戒因緣俱莫考初住鹿
苑其後居無定所但任緣接物隨請說法化行湖南長沙
時眾謂之長沙和尚初岑久住南泉獻投機偈曰今日還
鄉入大門南泉親道偏乾坤法法分明皆祖父回頭慚愧
好兒孫南泉願答曰今日投機事莫論祖父偏乾
坤遷鄉盡是兒孫事祖父從來不出門遂嗣南泉僧問和
尚繼嗣何人岑曰我無人得繼嗣僧曰還秦學也無日

無所不至問人人皆曰孝學也無日非孝
也此其所以為孝乎吾終身誦之不出門
矣蟬亦曰南泉為人師表答曰今日發庫貯南泉
入大門南泉縣道塗中僻逕皆南泉道也
其家無家祠南泉主之祭父母曰發神櫝
其發龍之骨也嗟乎孝子之事父母曰發南泉
蟬曰此敬其為民父母出家無家因其無
蟬五十一年八月初一日
東魯西邨民壽風非其壽也

贊曰蟬此先生二會李先生用不盡者孝也

〈蟬之孝志卷之一〉終

壽蟬五十一年桂圓蟬宜真齋輯

一 出南泉辻蟬出曹公八正邙廬方祖黑面
蟬四年古遺而家壽一百二十歲念出南泉願願
卻首於大行風祖舉天下學之報曰書風風邵宗蟬
都謝雞王而諡愍父子桂王於雲霞曬離小
然南泉雞來盛懽宣宀山正臺因瑞鵬音松
石南非前山言不頓書小遺民住嵩山受敬
不眠昔若無信子道雄不錄之蟬太儒魯赦敬
不識泉之乎常小昔道云不為信敢蟬敢
基道尊泉之乎堂信三歡回否泉之辯非一

六

百丈學子僧曰師意如何以偈示曰虛空問萬象答虛
空誰人親得聞木义卸角童後瑞聖通得其提持岑示寂
後通以弟子禮事之岑常與仰山寂玩月次寂曰人人盡
有這箇祇是用不得岑月恰是倚汝用寂曰爾作麼生用
岑劈胸與一蹋寂曰團團直下似箇大虫自此諸方稱為岑
大虫岑言句洞明提持直截如香象渡河步步到底如養
由架箭一一穿楊盡為破的之文皆是窮源之說其與講
經供奉皓月論三德涅槃及教中幻意又與僧論佛與文
殊觀音普賢真體妙用並宏深微妙廓徹圓融學者真黎
寶悟得了自心發書觀之自然冥契岑住世若千歲不見
於方策考普願以唐德宗貞元間倡化南泉岑預法席其
後瑞聖通詣岑承約在唐宣懿間則岑壽少亦當七八
十矣大清雍正十二年封洞妙朗淨禪師
讚曰幻本來真水月天月說水說天皆為強說真本無生
幻亦不滅無生天然成佛
雍正十二年八月十五日御筆
靈祐福州長溪人俗姓趙卸角之人諦觀焉年十五依本郡恒
老曰此童佛之真子衢巷之歲有天人降其庭謂家
法師執勞什伯於眾年二十剃髮三年具戒入天台遇寒
山子於途謂曰千山萬水遇潭郎止獲無價寶賑卹諸子

理安寺志卷之一恩寵　九

理安寺志卷之一 恩寵

遂詣泐潭叅百丈頓了祖意司馬頭陀者精鑒人倫地理者也百丈曰老僧欲往溈山可乎曰和尚是骨人彼肉山也居之徒不滿千乃曰不可嘆華林曰不可嘆至曰此正溈山主矣百丈是夜召師以濾山付囑時華林爲第一座不平曰大衆若能對衆下得一語出格當與住持即指淨瓶問云不得喚作淨瓶汝喚與作什麼華林云不可喚作木楾也百丈不肯問祐踢倒淨瓶百丈笑云第一座輪卻山矣稍知信爲營梵宇襄陽帥李景讓奏表山門爲同慶寺相國裴休崔愼申崇師禮祐敷揚宗敎四十餘年達者不可勝數入室弟子四十一人仰山寂爲上首世號爲仰宗焉自曹溪傳南岳讓以迄於祐凡五世祐唐代宗大曆七年生宣宗大中七年滅春秋八十三夏臘五十九勅諡大圓禪師塔曰清淨大清雍正十一年封靈覺大圓禪師讚曰道人之心一泓秋水無事無爲澄渟淡沱不受一塵無渠下觜不舍一法全在裏許

雍正十二年九月初一日御筆

義元邢氏子曹州南華人幼負出塵之志及落髮進具便慕禪宗初在黃檗隨衆叅侍問如何是祖師西來的的意黃檗便打三問三打乃辭去叅大愚言下頓契黃檗無意

之意乃返黃檗黃檗印可從此啐啄同時了然通徹乃北歸鄉土俯詢趙人之請住於城南臨濟其鑪鞴所鑄煜爍古今迄今千五百年嗣法者幾徧震旦自曹溪傳南嶽讓以迄於元凡六世元建三元三要四喝四賓主等為揀魔辨異門庭施設嘗曰山僧無一法與人祇是治病解縛葢此本與向上事沒交涉後之執指為月者於此每多金鍮混雜云平日應機多用喝世傳臨濟喝其示語有曰不被境轉處處用境東涌西沒南涌北沒中涌邊沒邊涌中沒履水如地履地如水緣何如此為達四大如夢如幻故聽法者非爾四大能用爾四大若如是見得便乃去住自由

〈理安寺志卷之一恩寵〉　　　　主

又云目前用處始終不異處處是活文殊一念心無差別光處處總是普賢一念心能自在隨處解脫此觀音三昧法互為主伴顯即一時顯隱即一時隱一即三三即一唐懿宗咸通八年示寂勅諡慧照大師塔曰澄虛大清雍正十二年封眞常慧照禪師

讚曰無依道人諸佛之母痛與三十免教出醜如是無依可受棒否棒亦無依誰與誰受

雍正十二年九月十五日御筆

慧寂俗姓葉韶州懷化八也年九歲於廣州和安寺投通禪師出家十四父母取歸欲與議婚寂斷指誓求正法夜

（文字方向により判読困難、以下試みる）

大呉古志卷之一 恩賞

西大塔四大苦役民夫廿人、自由田租給、天平二十年六月十四日、依詔普請受。

慧定谷枝葉諸堂舍、於人夫九嵐、依寶物碎瓦寺殿願。慧定谷枝葉諸堂舍、於人夫九嵐、依寶物碎瓦寺殿願。慧定谷枝葉諸堂舍、於人夫九嵐、依寶物碎瓦寺殿願。

（以下文字不鮮明のため、正確な翻刻困難）

【理安寺志卷之一 恩寵】

父子繼述之盛冠絕古今寂初於耽源處受忠國師所傳
時歸省觀祐亦數遣信其相提唱後世因傳為溈仰宗法
迦陵頻伽聲應圓師子三歲兒便能大哮吼既住仰山
妙返思靈歛之無窮思盡遷源性相常合啐啄同時正如
如如師於言下頓悟尋往江陵受戒復遷大溈前後十五
載父子其闡元旨化度學人其心源契合啐啄同時正如
東立祐大異之寂問如何是真佛住處祐曰有思無思之
有主沙彌無主沙彌寂曰有主祐曰在什麼處寂從西過
初叅耽源真數年謁大溈祐於時尚未具戒祐問曰汝是
有白光二道從曹溪直貫其舍父母悟其誠感乃與削染

曹溪九十七圓相其後接人每用以施設宗徒傳之謂仰
山門風然考耽源傳示曰寂一見卻焚卻異時耽源間之
寂曰寂一覽已知但用得不可執本和尚若要重錄不難
卽重集以呈更無遺失其後溈山作圓相中書曰字示寂
寂亦作此相於地以腳抹之然則寂所受者法法何曾法
學者於此不得入海算沙自取目眩矣寂後居東平山年
七十七示滅門人遷歸仰山塔曰妙光諡智通禪師大清
雍正十一年加封真證智通禪師寂之示滅蓋在唐宣懿
間溈其生年當在德宗時少溈山祐十餘歲寂平生多遇
異僧有稱之為小釋迦者故世號小釋迦云

三二

讚曰鼠糞黃金一手拈出奮迅爪牙接機利物寶卽是權權卽是寶驚散野干師子在窟

雍正十二年十月初一日御筆

价俗姓俞會稽諸暨人以唐憲宗元和二年生少從師念般若經問無根塵義其師駭曰吾非汝師指往五洩山禮默禪師披剃年二十一具戒於嵩山首謁南泉次泰山舉忠國師無情說法公案遇潙山云父母所生口終不為汝說价不契乃令謁雲巖疑情頓釋承當箇事大須審細後因過水覩影了徹前旨述偈曰切忌從他覓迢迢

聲不現眼處聞聲方得知雲巖寢述偈曰若將耳聽

與我疎我今獨自往處處得逢渠渠今正是我我今不是渠應須憑麼會方得契如如常日須心心不觸物步步無處所常不間斷稍得相應又曰道無心合人人無心合道欲識箇中意一老一不老在渤潭尋譯大藏纂大乘經要一卷激勵道俗又作五位君臣頌明正中偏偏中正正中來兼中至兼中到其後因付囑曹山寂復述其旨要其詞層映交光誠得寶鏡三昧禪門謂之曹洞宗唐宣宗大中末始於新豐山開堂後盛化於豫章高安之洞山唐懿宗咸通十年順化大衆戀慕价忽開目起日出家之人豈得心附著於物耶召主事僧營齋畢乃行衆故延之

【理安寺志卷之一 恩寵】

理安寺志卷之一 恩寵

淨覺悟本禪師

讚曰本來面目不行鳥道方便垂手正偏兼到五三三
天眞而妙月住波流鄰鄰金藻

雍正十二年十月十五日御筆

大同懷寗人姓劉氏髫齡依洛下保唐滿禪師出家初習
止觀次閱華嚴獲窺性海耽慕眞宗乃詣翠微山謁無學
禪師一日無學在法堂經行同西來密旨和尚如何示
人無學駐步步時同又請無學日更要第二杓惡水作麼
同乃禮謝而退無學曰莫躱卻同曰時至根苗自生由是
如冰釋水任性卷舒乃歸故里隱投子山結茆而居趙州
從諗嚮其元風行腳到投子相訪一時問答之語諸方傳
播天下雲水禪侶奔湊門下雪峰義存曾造法席被其鉗
鎚五鹿岳忻朱雲折其角不是過也同住投子三十餘年
陶鑄學徒如金鎞刮眼運斤成風辨才無礙有師子無畏
之目乃其直截提持向上實爲檀那法食能令隨器大小
並飽香飯妙味非肯以舌鋒挡拄人者同嘗在京赴檀越
齋檀越將一槃草來同拳兩手安頭上檀越便將齋來後
有僧問和尚在京赴齋意旨如何同日觀世音菩薩有僧

東學志卷之二 恩篇

西

許負問師尙京往疑京曰吸日同日聽冊音菩薩香侸
譏曹問神一蘖草來同衆雨年炎莫土難始復疫來救
如諭舎鴻如來告以話許出入吝同菅五京往懺逋
六自改其眞建築封止實爲實熟世者合諭器大小
同儀墓事以金錢話題運行拆學無太無鯑鯑下無異
師王帝居甘亦雲復其通不量灘自出改善七三十餘年
設天下雲水議品舍義已丁雲村義下會錢妣粳故
錄天下雲水議出其門丁雲村義下會錢妣粳故
治醫奈其六風行酌俗坊後里勝故下止餘而瑞詳
威水莊玉主管灕在里勝故下止餘而風辭
同氏緘瘻而退無學曰眞器俗同曰朝全所商自止由覺

入無學退士同問文請無學曰更要第二世悲水乃想
韓一日無學自松堂離行同門酉來密昌所尙曰何宗
山題大關嶂華麓寒眞宗氏錯奉獨山嗚無學
大同遠望人披將汨潔論谷者下師書翰縣晩出來而
郡五十二年十月十正日墓華
天眞師姓民甘灰蔣漸金藪
覽日本來酒目木行息道亢顚亞卞九肅兼匿五十三
三醴四十二篇骨日本大師容日眞覺大壽曁五十一
于小日義其炊水圓覺諸親同生流可存馬震炎壽六十

兑聲晋本卿誦

尚一等是水為甚海鹹河淡同日天上星地下木黃巢寇
志賊持刃上山問同住此何為同為隨宜說法渠魁拜服
脫衣禮施而去同以唐憲宗元和十一年生以梁太祖乾
化四年順寂春秋九十有六詔諡慈濟大師塔曰真寂大
師雍正十二年封智照慈濟禪師

讚曰投子古路驀直前去祭老钁頭主人油是眼目定動
袴襴裏坐覷體真鈍十身調御

本寂閩莆田名族黃氏子莆田在唐衣冠鼎盛時號小稷
下寂佩服儒風博聞強記年十九入福州雲居山出家二
十五具戒雖年少而舉止過老芯芯咸通年間貞价開堂
洞山寂往來請益洞山問名曰本寂山曰向上更道曰不名
本寂洞山深器之自此入室密印所會數載辭洞山价問
什麽處去曰不變異處去耶曰去亦不變異
初受請止於撫州之曹山後居玉屏山兩處學徒雲集堂
盈室滿所著對寒山子詩流行字內又嘗讀傅大士法身
偈意不肯門弟子請別作之乃作偈自為註釋又嘗問強
上座曰佛真法身猶若空虛應物現形如水中月作麽生
說箇應的道理強曰如驢覷井寂乃改其語曰如井覷驢
百本生示人最親則處寂既深達妙旨契合真歸接引上

雍正十二年十一月初一日御筆

〈理安寺志卷之一 恩寵〉

六月日巳六月十五日曹山一夏一復宗天復元年辛酉春秋六十有二問知事僧日今是
二十六日辰時圓寂休夏三十有七勅諡元燈大師塔日叢林以為標準號曹洞宗寂以唐文宗開成五年生至
經圖大清雍正十二年封寶藏元燈禪師
讀記非我非渠亦同亦別全無消息直下了徹銀盌盛雪
古鏡照物十方一心不動不絕
雍正十二年十一月十五日御筆
師備福州閩縣人姓謝氏唐文宗太和九年生咸通初投

【理安寺志卷之一　恩寵】

芙蓉山靈訓禪師落髮豫章開元寺道元律師受具邊歸
故里行頭陀行布納添麻芒鞵續草並日而食宴坐泊如
與雪峰義存禪師為法門兄弟備師事存以備苦行故
目為備頭陀云存開荒雪峰備與同力締搆山門勞役每
率先於眾入室咨決岡替聽誦楞嚴經發明心地由是
理事一如辨才無礙離因緣聽得入正智而一心圓滿
實為見過於師其所垂語如師子遊行如金剛鋒鍔如圓
鏡交光如杲日赫燄廓徹洞明總持圓湛獨脫無依直示
眾生令自知有頓入凡聖平等真原其無緣之慈同體之
悲流轉音聞晃朗句外時閩越忠懿王王審知帥閩極隆

無法準確識別此頁內容。

禮敬奏賜紫衣號宗一大師備初受請住梅溪普應院中間遷止元沙山應機接物三十餘年承青原石頭之法流轉導來際諸方臻萃請益剖疑十二時中誨人不倦室戶為之不閉學侶八百許人羅漢桂琛為上首閩浙之間法嗣繁衍以梁開平二年戊辰寂滅春秋七十有四夏臘四十有四王審知為樹塔院諡曰佛道閑曠無程途無門解脫之門無意道人之意古錐風味千載常存大清雍正十二年封超圓真鑑宗一禪師
讚曰十方虛空微塵一切皆無自性在本覺裏靜亦不沈動亦不起此是元沙真實人體

【理安寺志卷之一 恩寵】　　毛

雍正十二年十二月初一日御筆

文偃嘉興人姓張氏幼依空王寺志澄律師出家侍澄數年研窮律部以己事未明往參睦州道明明開卻門偃乃扣門明開門一見還閉偃連三日扣門明開門偃擬議明推出掩門曰秦時𨍏轢鑽偃一足猶在門內遂為所損從此悟入明乃指詣雪峰存泰證契合元旨遂嗣雪峰先是靈樹知聖二十年不請首座常云我首座生也我首座牧牛也我首座行腳悟道也忽一日鳴鐘集大衆三門外接首座衆如言出迓至聖曰望子久矣時南漢劉氏據廣聖坐化日呈一帖曰人天眼目堂中首

The image shows a faded, mirror-reversed (or back-side bleed-through) page of a Classical Chinese/Korean historical document. The text is not legibly readable due to the low resolution and reversed orientation.

座劉氏遂請偈繼聖開法既而遷雲門山光泰寺偈每顧
見僧卽曰鑒僧欲酬之則曰咦率以爲常故門弟子錄曰
顧鑒咦善爲學人勤情絕見俾直了自心所爲細看卽是
陷虎機忽轟一聲塗毒鼓不許門弟子記錄其語學人以
紙爲衣隨時竊書之嘗自作頌曰雲門聳峻白雲低水急
遊魚不敢棲入戶已知來見解何劫悟弟子嗣法者五十一人世號
不顧卽差互擬思量何劫悟弟子嗣法者五十一人世號
雲門宗以後五代晉天福十二年順寂諡曰慈雲匡眞宏
明禪師閱十七載爲宋太祖乾德元年詔迎其肉身入京
師供養月餘仍送還山

理安寺志卷之一 恩寵

讚曰

本色眞空絕跡日升月恆日日好日四面無門
十方無壁六既不收一亦不立

雍正十二年十二月十五日御筆

桂琛俗姓李常山人童稚之歲篤求遠俗齋茹一飡調息
終日秉心誠確鄕黨其欽弱冠從萬歲寺無相師出家既
登戒地力學毘尼一日爲衆升臺宣戒竟歎曰持犯束縛
非解脫也依文作解豈究竟乎於是誓訪南宗跋涉萬里
初謁雲居後詣雪峰泰訊勤恪未有所見後造元沙宗一
禪師一言啟發廓爾無惑元沙誘迪學者每命琛助其闡
發琛住密行三昧珠藏川底不現輝光而月印江心朗然

適異禪侶歸心咨稟來決疑叢於時王廷翰剖劇閩越於
城西石山建精舍曰地藏請琛駐錫一紀有餘遷止漳州
羅漢院大宣法要南北黎徒輻輳駢集更盛於在地藏時
弟子清涼文益居上首為一方法眼直截提示令學人出
去舉金剛祕密不思議光明藏直截提示令學人出五陰
界嘗曰諸上座不用思量不及便道不消揀擇委得
下山處麼試道看還有一法近得汝遠得汝同得汝異得
汝麼旣然如是為甚麼卻特地艱難去後唐天成二年戊
子復屆閩城舊址徧玩遠近梵宇隨喜數日安坐順寂距
生時唐懿宗咸通八年春秋六十有二僧臘四十塔於地
藏院之西門人私諡曰應眞禪師大清雍正十二年封本
覺應眞禪師

讚曰羅漢宗風表裏看取豎起掃帚四楞塌地大須彌山
常在眼裏須彌云何掃帚便是

雍正十二年二月初一日御筆

文益俗姓魯餘杭人唐僖宗光啟元年生七齡削染於新
定智通院依全偉禪師稟具於越州開元寺屬希覺律師
授徒劉山盆往居門下嚴淨毘尼旁通儒典旣而謂非了
義乃振錫南邁抵福州長慶法會尋約伴西出湖湘值溪
流暴漲憩城西地藏院時羅漢琛在院素知其穎脫因舉

肇論次琛問山河大地與上座自己是同是別琛曰別

豎兩指琛曰同琛又豎兩指便起去越曰辭別琛送之曰

上座平日說三界惟心萬法惟識指庭下片石曰且道此

石在心內在心外益曰在心內琛曰行腳人著甚來由安

片石在心內益窘無以對遂罷止求決擇月餘而疑山頓

集諸授記於琛已而臨川州牧請住崇壽院四遠緇侶雲

朝夕演唱諸方被化聲流海外異域譽曰出家兒但隨時

及節便得寒卽寒熱卽熱欲知佛性義當觀時節因緣又

云盡十方世界咬咬地無一絲頭若有一絲頭卽是一絲

頭以周顯德五年寂於金陵江南國主謚大法眼禪師塔

日無相春秋七十四夏臘五十五大弟子天台德韶吳越

國師慧炬高麗國師元沙一宗至益而中興於江表故世

號法眼宗系出青原思為曹溪下第九世江南國主李煜

仁碑頌韓熙載撰塔銘後門人行言復請改謚大智藏

導師大清雍正十一年封妙光法眼智藏禪師益好爲文

詞所作偈頌贊銘等凡數萬言

讚曰眼不見眼能依所現大地是眼阿誰求見眼無自性

是眼亦幻幻卽非幻大法眼偏

雍正十三年二月十五日御筆

德韶處州龍泉人族陳氏年十有五有梵僧見之拊其背
曰汝當出家乃往依龍歸寺剃髮十八詣信州開元寺受
戒後唐同光中徧參諸方至龍牙問雄雄之尊因甚親近
不得遁禪師曰如火與火不契後至臨川謁法眼頓了
心要法眼曰青原思於曹溪為九世韶嗣法眼為十世
入天台山建寺院大興元沙之宗歸依日眾吳越國王錢
元瓘尊為國師數使使存問本韶允義寂之請白吳越忠懿王發
使並資韶書往彼國繕寫備足入藏宋太祖開寶五年滅
度距生時閱春秋八十二為唐昭宗天復元年住六十四
夏傳法弟子百餘人永明壽為上首韶圓徹洞明為古德
中所希有在般若寺開堂說法十二會其方便為人語句
如清涼風如寶珠網如無著華如旭日輪誠為震旦妙法
慈航其嗣永明壽益震雷音以宗為教以教為宗於言語
道斷心行處滅處直截無礙灼然見於語言文字雖壽見
過於師然寶韶有以啟之也嘗以涅槃四種開示學者曰
聞不聞不聞不聞諸方目為四科揀韶多靈異通
術數至今江浙間傳之與本分無涉不具錄大清雍正十
二年封妙慈圓徹禪師
讚曰二宗一毛今古一念如火與火中邊全占無中可入

理安寺志卷之一　恩寵　　　　　　　　　　　三十

[This page is a low-resolution scan of a classical Chinese text with vertical writing. The image quality is too poor to reliably transcribe the characters.]

雍正十三年三月初一日御筆

無邊可出曰有則明日無則寶

重顯蜀遂寧李氏子生於宋太宗太平興國五年初依普安院銑上人受具潛心教乘深極幽元每逢講席機辨鋒馳四眾盡屈乃南詣智門祚間不起一念云何有過智門召顯近前以拂子驀口打顯擬開口智門又打於時豁然開悟厒止五年復偏泰洞山聰大龍洪羅漢林大愚芝乃出世翠峰遷於雪竇山顯既宏博詞旨妙絶平生頌古最多叢林競傳刊在大藏後世沿流忘源遂成文字然顯所拈頌不離本分直臻向上原未嘗有絲毫點綴繫

理安寺志卷之一 恩寵

綴當來也其開堂日辦香智門有大龍小師曰何不與先師燒香顯曰昔僧問如何是堅固法身先師曰山花開似錦澗水湛如藍我頌此因緣報他恩了也雲峰悅以不嗣大愚特過勘顯驚曰入荒田不揀信手拈來草觸目未嘗無臨機何不道顯拈曰禾示之悅不肯顯曰你不肯即休一日遊山次間覽烟嵐顧謂侍者曰何日復來耶於是弟子並請遺偈顯曰平生惟愚語之多矣翌日乃曰七日重相見及期盥沐攝衣北首而寂時仁宗皇祐四年也閱世七十三坐夏五十顯嗣智門為雲門三世孫系出青原思思受記於六祖凡十世謚明覺禪師大清雍正十

[Page too faded/rotated for reliable OCR transcription]

理安寺志卷之一 恩寵

雍正十三年三月十五日御筆

靡有止息雪竇有曰瞥須掛壁
讚曰日月星辰水火土石亘九霄下橫六極各演圓音
一年加封正智明覺禪師

唐晉漢周至宋太祖開寶八年順寂時吳越未歸宋版圖
延壽王氏子以唐昭宗天佑元年生於吳越錢氏國歷
故延壽為吳越錢塘人壽生而知歸心佛乘既冠不茹葷
血日一食誦法華終身不輟得一萬三千許部年廿八為
華亭鎮將督軍需吳越文穆王從壽本志放令出家依翠
嚴泰禪師執勞供眾持頭陀行甚至既往天台山天柱峰
住慧日永明寺高麗國王遣使航海遠遺器物䇹敬作禮
雪竇山時靈隱祖庭頹廢吳越新之迎壽住持其明年遷
習定九旬鳥巢衣襬中天台韶國師深器之為付囑出住
壽自能言即不兩舌戒行精嚴安而行之昕夕修持無轉
睫彈指之間及開堂說法誨人之外惟坐諷經唄乘大願
力檀那妙法度弟子幾一萬二千人又以一代時教流傳
東土龍藏浩瀚學者目不周覽去聖遙遠性宗教律橫分
畛域講師律師不達宗旨而託迹宗門者復妄議教律壽
為重閣館天台賢首慈恩三宗諸知法比丘更相設難以
心宗要旨折中之叅合梵經唐語疏通證明作宗鏡錄一

無法准确识别此页面内容。

百卷實能攝無量法門歸涅槃一路又作萬善同歸心賦
惟心訣等書皆無上甘露妙味盡未來際利益無邊俱登
一際解脫之門並受菩提之記至其戒乘雙圓理事
無礙寶為震旦宗師首出涌泉欣見解人多行解人萬
中無一如壽者可謂行解人矣壽住世七十二僧臘四十
二宋太宗額其塔曰壽寧禪院大清雍正十一年封妙圓
正修智覺禪師其平生著述在藏者並重刊頒布天下叢
林為禪衲法式
讚曰生佛一際何佛何生菩提道場法爾圓成不假修治
要須履行無緣慈化真實等平

雍正十一年四月初一日御筆

【理安寺志卷之一 恩寵】　茜

義懷北宋真仁間人永嘉樂清陳氏子也世業漁母夢大
星入屋而孕懷為兒時父捕魚坐之船尾得魚則付令折
柳以貫懷輒私投諸江中雖數受怒笞恬然自若也長遊
京師依景德寺為行童天聖中試經得度調金鑾善葉縣
省皆蒙印可至姑蘇禮明覺於翠峰入室數四不契尋為
水頭因汲水折擔忽然有省作投機偈曰一二三四五六
七萬仞峰頭獨足立驪龍頷下奪明珠一言勘破維摩詰
覺聞捌几稱善其後七坐道場化行海內嗣法者甚眾常
示人曰須彌頂上不扣金鐘畢鉢巖中無人聚會山僧倒

(page too faded/rotated for reliable OCR)

騎佛殿諸人反著草鞋朝遊檀特暮到羅浮挂杖鍼筒自
家收取又曰雁過長空影沉寒水雁無遺蹤之意水無留
影之心若能如是方解異類中行不續見截鶴夷岳盈
鰲晚年示疾池陽弟子智才住臨平之佛日迎歸侍奉一
日才出寺未還懷遠之歸曰時至吾行矣才曰師有何語
示乃曰紅日照扶桑寒雲封華岳三更過鐵圍掇折驪龍
角才問卯塔已成如何是畢竟事懷舉拳示之遂就寢推
枕而寂崇甯中勅諡振宗禪師大清雍正十二年封圓悟
振宗禪師
讚曰晝日夜星靈山授記曰曰好日心空及第蕉耳親聞
癸眼諦視本分如然癸為妙智

【理安寺志卷之一】

雍正十二年四月十五日御筆

克勤彭州駱氏子生宋英神間童時日記千言偶遊妙寂
寺見佛經三復之恍如舊觀省前生曾為沙門乃祝髮具
戒初依眞覺勝繼調玉泉皓次依金鑾信大溈喆黃龍心
東林度會推為法器最後見五祖演盡其機用演皆不肯
勤謂演強移換人忿然而去至金山遇疾始覺平生所得
皆無用處旋還依演作侍者演一日因部使者問道舉頻
呼小玉緣何事為要檀郎認得聲句勤侍立次見雞飛上
闌干拍翼且鳴忽爽然曰此豈不是聲耶卽袖香入室通

所得演徧告山中耆舊曰勤侍者參得禪矣勤號佛果演
門下高足弟子以勤及佛鑑佛眼為上首時稱三佛所至
學侶景從開堂成都昭覺寺政和間出峽南遊遇丞相張
商英於荊南劇談華嚴旨要商英指證踏得末後一
關乃以師禮留居碧巖復徙道林寺樞密使鄧子常奏賜
紫詔住金陵蔣山旣而勅遷天甯萬壽寺召見襃寵甚渥
南渡後又遷金山朱高宗之在維揚入對賜號圓悟禪師
改住雲居久之復領昭覺紹興五年八月示寂塔於昭覺
寺側謚眞覺大師勤負荷宗乘提持祖印嘗自作像讚云
為人到徹骨不惜兩莖眉大淸雍正十一年封明宗眞覺
圓悟禪師
讚曰口角濤翻傾倒心肝纖塵不立擔拄梵天隨分此
時節因緣鐵鎚無孔體實名權
雍正十二年四月初一日御筆
宏袾字佛慧號蓮池俗姓沈浙江仁和人以明嘉靖十四
年生年十七充本縣學生員三十二歲辭家祝髮徧叅諸
方得念佛二昧歸依淨土一門乞食次見雲棲山水幽寂
乃茅三檻倚壁危坐常絶糧至七日念佛不輟環山多
虎袾住後虎為遠徙値歲大旱循田念佛雨隨足跡而注
居民德之遂成蘭若道風大扇四衆翕集嚴淨毘尼傑出

諸方專勤念佛遠追蓮社人稱雲棲菩薩時當明季憨民
法藏輩以雙頭獨結細宗旨誑惑無識口傳手授實法
句以為教外別傳又藉世典文章詞賦塗飾士大夫耳
目俾為外護翕赫張勢如燎原競以濁穢作芬陁利污
人慧命宗風衰謝日甚一日袾以宗門無義路必真泰寶
悟始得豈可輕談漫語同謗大般若於是禁止學徒亥
拈妄頌及講說宗要違者出院惟將一心念佛平等大悲
導眾入四安樂行所居不名方丈示非唱導之師其常住
執事無高下大小一眾輪值至今門庭峻整戒香薰郁百
餘年來閻佛種子以待更復世出世者始功德不可思議矣

理安寺志卷之一 恩寵

以萬歷四十二年示寂臨行張目云老實念佛勿捏怪勿
壞規矩向西念佛而逝塔於五雲山之麓年八十有二天

清雍正十二年封淨妙真修禪師

讚曰三乘十地頓漸偏圓一句具足法爾如然作麼一
阿彌陀佛方廣等平圓通明徹

雍正十二年閏四月十五日御筆

通琇號玉林毘陵楊氏子幼讀金剛般若生希有想年十
九因翻盛水器見浮漚有省即詣磐山禮天隱修落髮具
戒不三年而見與師齊年二十二天隱修命主報恩法席
時天隱修密雲悟為諸方老宿琇以年少開堂秉拂而能

理安寺志卷之一 恩寵 貳

紹述宗風為海內所欽仰順治十五年戊戌
世祖章皇帝詔入禁中萬善殿焚修封大覺禪師琇母練行
尼也號大慈老人琇居報恩時建報恩堂以奉母視膳問
安不輟至是大慈老人圓寂詔從其請歸山葬母特賜金
起塔庚子春遣使賜紫加封大覺普濟禪師其冬復詔來
京加封大覺普濟能仁國師開壇於京西慈壽寺徒僧千
五百人辛丑春南還往天目山師子正宗寺丙辰八月順
寂琇生於明萬歷四十二年至大清康熙十五年春秋六
十有三僧臘四十四琇平生有自贊四誓一誓不與本
分間隔作一佛事乃至一稱一禮一誓不與本分間隔閱一書作一字一
誓不與本分間隔閱一書作一字一
誓不與本分間隔閱一書作一字一
誓不與本分間隔閱一書作一字一
世祖章皇帝時恩禮優渥琇始終未嘗有絲毫與本分間隔
處誠足為衲僧法式
贊曰太士應化遭逢
聖君華足藻地景星絢旻普吉祥光演妙圓音具無盡德度
無量人
雍正十二年五月初一日御筆
行森號岾溪又號慈翁博羅人俗姓黎氏器宇神俊壯歲
四大偶不安和倚枕間忽聞鼓吹聲頓省根源不從他有

【延安寺東塔之一斑第】

普寺與本谷間關一普升一字

一人民至交一言一普寺與本谷間關一類於香

普寺與本谷間關一坐立二類於香

所斯章皇帝柑恩既既慶慶既既未嘗有諸尊與本谷間

舊曰太土懇升諸慶

與循呂蒼蓬景慶長普告鞍光資後圓音其（無疊慶慶實

峯洙華呈藥遊景慶慈徐康徧長普吉鞍光資後圓音其

撫呈人

新五十二年正月初二日諭華

古森郡市癸天懇慈徐康縣人俗扶桑北器宇帽安挂敦

四大開不定昧前來關忿問 遠文筆寅當省既不敦昕許

代間獨升一排華氏至一 普寺與本谷間關獨

十六三會灣四十六於平半古自藏四普寺與本谷間

定教生我問萬愍四十二年年大春獨黑十正年於六

正百人辛正春趋王天目山離千五宗春内於八民鄭

京武佳大賞普寧江河神關實敦京雨慈嘉寺劫半午

敦晉與千春趙普寧與大賞普寧賴其於内盡誤來

突不脾至是大慈寺人圓家於具壽周山發出諸懇金

呂由總大慈寺人於萬善發梵於時教諸恩慈大賞頼面奉早暫間

深斯章皇帝臨盒人禁中萬善於時諸内敝娟哨合十正年九九

【理安寺志卷之一 恩寵 美

遂決志出家依雲嶠信信示寂乃叅大覺普濟能仁國師玉林琇洞明心要琇令分座說法接引海眾十方叅承捷得解脫一時目為大鵬劈海又稱為森鐵棒云開化龍溪緇侶輻輳大清順治十五年戊戌

世祖章皇帝召玉林琇入京琇令森主報恩法席己亥玉林還山森奉詔留京師

世祖章皇帝寵遇極隆屢降恩旨欲加封號森以父子不敢並受封奏辭甚力

世祖從之既而請謁五臺山宿顯通寺前遇一婆子手提竹籃口嚼石子若仙若神與語深明宗旨呼森為大通佛

世祖賜所居寺曰圓照御書以賜森持律精純導眾嚴整雅有百丈之風雖機辨迅利而實能正眼接人非祇露一斑之爪牙者受

世祖章皇帝知遇甚深及其歸里如日邊雲影既離絳霄卽隨意孤飛斷崖荒水間不挂一絲真具無為道人所行如其所解世諦無非第一義諦足以媲美玉林為千古衲僧規則康熙十六年遊華嚴日此中修篁奇石可以臥數江帆吾老此畫圖中矣乃自刻化期手書封龕偈而寂世壽六十有四僧臘三十有六蓋生於明萬歷之四十二年也

自五毫回遂乞歸龍溪

理安寺志卷之十

恩寵

大清雍正十一年追封明道正覺禪師

讚曰一人首出入表昇平髮有龍象作中之英十虛融攝正眼洞明日光月華水綠山青

雍正十一年五月十五日御筆

聖駕南巡三月初四日

乾隆十六年

御製遊理安寺詩

幸理安寺

御製遊理安寺詩

靜室安禪制毒龍法雨淙淙空色相嚴花放不論春冬

路盡九溪十八澗境奇二竺兩高峰香臺聽講來馴鴿

歸鞭卻恐雷清戀倩取白雲一片封

初五日臣僧明義詣

宮門謝

恩蒙

賜銀五十兩衣緞八疋茶葉四瓶荷包二箇回

鑾後

賜御製心經塔圖一幅

御書樹最勝幢額

御書遊理安寺詩

墨寶二幅恭藏寺中乾隆二十二年

[Page too faded/rotated to reliably transcribe]

理安寺志卷之一　恩寵

恩寵

宮門謝

初五日臣僧實月詣

御製詩一首

　一徑入深秀萬峰森簇賞石橋原不隔蓮界總生歡既
　狹中方闊憑高望亦寬禪宵與儒異惟願理之安

賜大士圖像一軸

幸理安寺蒙

聖駕南巡三月初一日

賜銀五十兩衣緞八疋東菀香一包荷包四箇乾隆二十

　七年春三月

卸賜詩一首

幸理安寺

聖駕南巡

　見說安心竟何來理與安山如標靜諷鳥亦發清歡蓋
　影張祇樹經聲出戒壇了當忘結習歸去漫廻看

又蒙

御書識安心竟額乾隆三十六年春三月

聖駕南巡

幸理安寺

幸魯盛典

幸魯盛典卷之一目錄

漢藩加封孔子後裔出於宣帝元康之年追諡孔子為文宣王始於唐太宗貞觀之年崇號疊加不可殫述我
聖祖仁皇帝以堯舜之主軼湯武而媲義軒聿隆曠典於闕里真萬古一人之盛舉也恭錄
恩綸紀

恩綸

賜銀五十兩交衍聖公孔毓圻於闕裏四配十二哲

[卷之一] 四

宮門籤

逐日進會賓貝苗

冬中式關懷高堅不意重蒙異常洪恩念之

一班人深感萬年蒙簇賞自難屈不能竭畫生煒

詩雙韻一首

題天上圖畫一幀

幸魯盛典卷三目錄一目

御製詩一首

環繞七峰處合流雙澗間樓真適歸徑掛袷便尋山詎亟一遊興圖滑片刻閒憑欄抱葱翠可以謝躋攀

聖駕再幸理安

御製詩一首

儒釋雖殊道卲安原實同爲谷學佛侶何以繼宗風水環門淨山峰映座崇縱然聲與色箇裏不空空

乾隆四十五年春暮

聖駕南巡

幸理安寺

御製詩一首

溪澗廻環徑不覺到來精舍暨盤桓泉流法雨毛髮鑑閒坐松巔衣袂寒唐宋遺蹤頗可考人天顯應漫從看理安傳自理宗定其代偏安聖堂安

乾隆四十九年九月初六日蒙頒

賜出滿漢蒙古西蕃合壁全咒龍藏全部

十月初三日蒙

賜出維摩詰經三卷

乾隆四十九年十二月蒙

賜出無量壽佛經兩卷七葉碑圖一幅又蒙

理安寺志卷之一 恩寵　四一

恩出集覽輯要新編卷六終軍傳一篇文案

恩出集覽輯要第三卷

十月初三日蒙

恩出集覽蒙古西番合璧全書蒙古音

蔣劉四十八年十月初八日蒙

駐箚自興京至其升員送還豐京

開坐各項次賽書未竟將國可考人夫驛遞驛路

發圖國事到不實經來替舍續書林泉旅花商手裳禮

賜題詩一首

【戰文卑亭卷二】 蒙 賜

望龍南巡

幸黌文廟

蔣劉四十正中春蒙

水陸門弁山諸英雨荣藷輩熊集與句籠裏不對耳

諭耕課等審閱侯原實同鑑谷學書品向之籠示風間

轡雙詩一首

望驛再幸聖文

應一詩興圖新崇總閒論薩指定群花年之指穀蘇

賢聖小秤氣合荒雙韶間棵頁鴨驛殿練山唇

諡褒諤一首

賜竹絲鑲嵌玉如意一柄
乾隆五十年正月二十八日蒙
賜出
御製大雲輪請雨經五卷
七月十三日蒙
賜出
御製白傘蓋經五卷
十二月又蒙
賜出碑刻應眞像十六軸
乾隆五十四年八月十二日蒙
賜出
御製理安寺詠古詩一首
一谷一溪環抱巋岣到來古寺愜遊盤蹟留唐代寔已湮
名定宋年義可觀合與墨家娛性地似殊儒道論心官
爾時早失中原半於理安平抑未安

住持臣僧 恭紀

武林理安寺志卷之一終

安平縣志卷之二十一　藝文

福部早失中原乎然芟夷我
名家宋中義臣購合東西史米古
一卷一卷羼迨經來古志詢搜羅首餘今百
出與所芟志古稿一首
顯出

〔里芟志卷之二十一畢〕

嘉慶五十四年八月十二日榮
出輯陵郡員第十六峰
十二瓦文榮
嘹雙自陣基廻五卷
顯出
嘹迭久生能嘉雨難正卷
十月十三日榮
顯出

嘉慶五十年甲五民二十八日榮
期行録部為正啟意一條